# 我の日々
# あれやこれやの
# つぶやき短歌

単細胞

文芸社

目次

# 家族と孫

投稿の域にあらずと妻笑い　ボケ防止にと駄作に愚作

我が思い以心伝心古女房　娘にゃ出来ぬ妻の気配り

一服の居場所も無きは何事か　娘に追われ妻にも追われ

テスト前高三息子夜半過ぎ　一夜づけかよ明かりは消えず

預貯金が減った減ったと嘆く妻　大学二人戻らぬ投資

お父さん私の眼鏡知らんかと　掛けて居ながら妻が問うなり

父白寿我喜寿にして悩みしは　看取るつもりが看取られかねぬ

救急車通る幅をと除雪する　老いたる母に大雪の朝

増えた物体重のみと妻が言う　他にもあるぞ息子と娘

義理チョコに男の見栄で倍返し　財布に相談妻にも相談

チャンネルを奪いて五分うたた寝す　妻の寝姿トドにも似たり

おしん見てその心情に涙する　安い涙と妻が笑いて

厳寒の深夜布団に忍び込む　女房背を向け春までまちな

惚れた時くびれた腰も今は樽　面影も無し　あんたは詐欺だ

桜咲く早稲田と明治　子は浮かれ　親のすねにも限度があるぞ

子ら二人教育だけが財産と　楽をしのぎて大学に出す

クリスマス跳ねて娘は何処へやら　夫婦でケイキ渋茶で乾杯

娘どき恋に恋して浮かれしが　二十五過ぎて愛の所在を

食卓に息子のカツが大きくも　女房の思い察して無口

妻の前、部屋でおならを怒られる　夫婦と云えど許されぬ事

又おなら音を殺してスカシっぺ　臭気漂い言い訳成らず

満月に大きく広げ空財《から》布　金よ入れとひそかに願う

近づきし娘嫁ぐ日思い出に　息子のおごり北斗で北へ

ウエディングドレス選びに西東　最後は東京カタログを着る

大吟醸たがわず届く父の日に　一味違う思いを飲みて

入れ歯して馴染めぬままに食事する　妻の手料理今一微妙

毎日が日曜日とに憧れし　職辞して今多忙懐かし

遊び過ぎゴルフゴルフで腰痛め　妻の視線に同情も無し

好きなもの満点星《どうだんつつじ》と赤紫陽花《あじさい》　読書に貯蓄ときどき散歩

駄目なもの胡瓜と西瓜それに茄子　カラオケ女性妻は含まず

成長に合わせて用意お年玉　孫甥姪ととほほのほ

花盛り惑わす文句通販の　類は山ほど健康サプリ

母逝きて十七回忌過ぎし今　日々の労苦に思いを馳せる

不甲斐なき息子も既に四〇と五　何を思うか独り身生きる

宿六の地位を確保し日々暮らす　妻の嫌味も柳に風と

ろくでなし汚名返上ゴミ出しと　朝のコーヒー入れるを担う

また詐欺に掛りし人や哀れなり　金なき我が家電話も来ずか

新年を温泉宿で過ごし夜　息子のおごりこれぞ至福と

電気つけクーラーつけてテレビつけ　チャンネル奪い妻うたた寝か

テレビから懐かしの歌流れるも　妻が合唱聞きたくも無し

御三家で妻の慰安と言いながら　湯宿で亭主酒飲み慰安

禁煙に挑みて六月挫折する　妻と娘に言われ放題

顔で泣き心やれやれやれ義父他界　病の床に二十と二年

音沙汰もからきし無きの息子だが　父母の日だけは何かが届く

年賀状出すか出さぬか歳の暮れ　此の時だけの旧知の友に

冬の夜炬燵ストーブエアコンに　部屋干し吊るし湿気を確保

人生は腹を立てずに気は長く　短気は損気心は円《まる》く

宝くじ当たればいいな当たるかも　タラレバ夢も見飽きてむなし

七草の粥で胃腸も一休み　邪気を払うと言われて食す

妻いわく日々の食材まず安全　地産地消で地域貢献

妻服をあれもこれもと試着する　気持ちはLに収まりきれず

暑き日々庭の草取り怠りし　妻に言い訳成らぬそよ風

職辞して唯一義理チョコ古女房　渋茶飲み飲み余計に食べる

妻の愚痴文句や小言早送り　そんなリモコン有れば買いたし

宝くじ隠し財産作ろうと　隠し忘れて妻に問うなり

横に居る妻うたた寝か高いびき　日頃の疲れどっと出しける

何やかや屁理屈《へりくつ》付けて娘来る　調子満開昼食込みで

食事する美味しいでしょう妻が問う　否は成らずの妻の手料理

塩分に心遣いの古女房　みそ汁の味黙してすする

まず眼鏡携帯パソコン次々壊れ　ガタが来ぬのは古女房だけ

詐欺が来た俺だよ俺だ電話あり　俺という名の息子は居ない

如才なく愛想もこそも無き娘　妻の労苦に温かみも希薄

初孫やくしゃくしゃ顔のあから顔　父似母似と勝手に騒ぎ

娘《こ》ら夫婦借金背負い家建てる　若さと元気孫ら背負いて

寝返りを器用に打ちし七ヶ月　おつむもたげて好奇の瞳

孫の笑み娘の笑みに妻の笑み　初孫しぐさ何とも楽し

正月や孫、子ら去りて爺と婆　残りしおせちチビチビ酒を

春うらら孫に引かれて散歩する　腰が痛いに帰りは抱っこ

一に孫二番娘で三亭主　妻の心にゃ順位がひそむ

食べていく持って帰るは置いてくは　孫にかずけて娘が今日も

孫二人夫婦来たりて食事する　心満たされ腹満たされず

子ら受験爺婆共に神だのみ　届け念力合わす手のひら

父母の日に息子何かを送り来る　音沙汰無きも生死確認

おい息子嫁になる人連れて来い　老後を案じ心配の種

お盆には必ず戻り墓参り　息子の先を案じて寂し

湯宿にて夫婦カラオケダンスする　腹がつかえてチークに成らず

初詣静かに合わす手のひらに　神も戸惑う願いの雑多

婆さんや足が痛いと医者通い　孫に会うときゃさっさと歩く

孫二人国賓待遇おもてなし　園児連泊爺婆疲れ

喧嘩する二歳違いの孫姉妹　姉にも成れず下は張り合う

孫の次女全てを姉に仕切られて　たまるストレスご機嫌斜め

生まれ来たくしゃくしゃ顔にご挨拶　私が婆よアピールしきり

クリスマス昔子供に夢与え　今じゃ孫から気持ちが届く

孫姉妹心弾ませお泊りに　母とは違う婆のふところ

雛祭り孫への思い飾り付け　手出し手出しの騒ぎの中で

庭先で猛暑対策水遊び　天国なりと孫らはしゃぎて

風邪ひきて青菜に塩の孫娘　薬飲まずにケーキを所望

孫娘アナ雪ドレス届き朝　サンタに願い輝く瞳

初雪や三歳の孫大雪に　雪掻く先を戯れ遊ぶ

来るもよし帰るもよしの孫二人　来れば騒ぎで来なけりゃ寂し

孫娘気持ちの中に爺不在　取り持つ婆にセッツキ利する

園児孫一人お泊り晴れやかに　小一姉の居なき天下に

まどろみし温もりの中寒の朝　孫鼻つまみ渋々起きる

ランドセル赤を背負いて晴れやかに　送る妹私はピンク

又出来た知らせに歓喜三人目　孫への思いに勝る妙薬なし

孫三人打ち止め願う爺と婆　電話一本また出来たとは

三人目ちんぽこ付けて孫生まれ　姉妹に増して可愛さ一番

七ヶ月可愛い盛り孫坊主　爺のあやしに違わず笑顔

孫坊主離乳食をと爺奮闘　あ～んと口を開きて疲れ

茶ぶ台に捕まり立ちて歩む孫　得意顔して手出し手出しを

庭先を鯉が泳ぎて五月晴れ　爺の財布は曇り空にて

七日前戯れ遊び孫坊主　爺婆忘れしばし固まる

いたずらを「めっ」と叱りし孫坊主「めっ」と返され思わず苦笑

孫娘七歳祝い宮参り　着飾る孫の女顔見る

婆うがい三度ならずも九回も　孫が来るとて風邪気味懸念

孫坊主一歳半はちょこまかと　怪我は成らずとあと追い難儀

酒飲んでまた酒飲んで帰宅する　女房うたた寝足を忍ばせ

妻入院三度の食事ままならず　台所立つも外食に出る

妻入院家事の全てに対応す　三食付きで入院希望

我一人一膳めしを食す時　思いは一つ妻の存在

正月や園児幼児の孫三人　爺婆疲れ目出たさ半分

もう少し生き長らえて孫の先　見届けたきと思いを糧に

寂しかりただ寂しかり妻入院　愚痴や小言の聞こえぬ世界

婆さんや孫三人を預かりて　その対応に疲れてごろ寝

婆友でお茶飲み会にいそいそと　我一人身もこれぞ至福と

戦死した親父の年の倍を生き　無念の気持ち思いて偲ぶ

# 酒と男と女

仕事はね帰り横道晩酌を　今飲む酒の何とも旨し

二次会でピンクサロンに吸い込まれ　飲みて天国出るときゃ地獄

ホッコリと心くすぐるラブ映画　香りも高き大人の恋に
失恋の一人静かに酒を飲む　胃にも沁みるが心に沁みる
夜の街社長社長と呼び込まれ　店を出るときゃ只の人

ネオン街夜の蝶だと云うけれど　よく見りゃ何と蛾の大群だ
三回忌時の流れのはかなさや　酒飲む程に浮世の話
思い出の昔通いしスナックへ　華麗なママも加齢の中に

二次会をこなして送る人妻の　そっと触れる手握り返され

夜の街腰に手を巻きイチャイチャと　若き二人が口説き口説かれ

喫茶店雑多な女性流し見る　飲むならこっち妻ならあっち

ミニスカでノースリーブで涼し気に　近づき見れば顔暑苦し

フィーリングハプニングとかタイミング　恋の成就はその辺にあり

好きな人抱かれる前に抱いちまえ　若い女性に恋愛指南

雑踏の中にひと際バックシャン　追い越し横目今一微妙

深酒に電車乗り越し遥か先　帰り居眠りまた遥か先

白寿とて旨そうに酒飲む伯父や　コップ一杯百薬の長

スナックで一人静かに飲む女　謎めく魅力憂いを秘めて

中華とかフランス料理イタリアン　食してみたい街行く女性

まず年収高学歴にイケメンと　一人相撲に婚活あわれ

しっとりと女の心持ち合わせ　何故につぼみか三十路も終わる

飲み屋街赤提灯の焼き鳥で　コップ酒飲む何とも旨し

勧められ地ビール飲みて常思う　のど越し不満飲みつけ旨し

妻横にコップ一杯晩酌を　今日への感謝明日への元気

一人酒つまみにしてた妻の愚痴　入院されて寂しき限り

ヨン様やひとごとなりと思いきや　妻も見まくるドラマの全て

女の子何故に其処まで付けまつ毛　まつ毛に惚れる男は居ない

女性の美まず心根と顔立ちか　くびれた腰に適度のボイン

追いかけるヨン様命韓国へ　三日も留守と夫の嘆き

初恋は甘く酸っぱくやるせなや　実る事なしされど忘れず

本心かダメよ駄目駄目偽りか　若き男女の熱き攻防

ジム通いプリプリお尻目の保養　身体鍛えて元気をもらう

読みふける心くすぐる忍ぶ恋　熱き思いで「ひとひらの雪」

矢口真里お持ち帰りは駄目でしょう　小粒のわりに胆の大きさか

寒風にミニスカ子ギャル生足を　目で追いながらブルッと寒気

セックスはスポーツだよと先輩が　うっすら汗と適度の疲労

アラフォーやお肌に小じわ二の腕と　対策しきりそこまでやるか

韓流に押し流されし世の女性　熱き思いでヨン様命

喫茶店斜め向かいにミニスカの　白き太もも何とも旨そ

旅先で昼寝昼風呂昼ビール　ナイスミディーの旦那は何を

都会にて田舎暮らしに憧れし　旦那のロマン女房の不満

楚々とした色香漂う好きな人　心憎きは人妻の二字

街中で超ミニスカの脚線美　妻の視線を気にしつつじろ見

アダルトや若き娘のその怖さ　可愛い顔で悶える肢体

「ほ」の人とチョコット気取って仏料理　少し緊張旨味半減

初恋や今あの人は彼方なり　七十過ぎて思いを偲ぶ

若き日の恋に恋せし恋心　熱き思いも今は昔と

ラブレター熱き思いはヤブレター　三下り半のつれなき手紙

バー「乙女」ほろ酔い気分三次会　寄り来る女性狐と狸

## 歳老いて

南天の赤きを愛し還暦を　降る雪見つつ燗酒旨し

還暦をいくつか過ぎて同級会　孫の話と病気の話

少々の酒とゴルフに楽しみを　余生の先はピンコロ願う

旅に出るか、、カンピュウターにガタが来て　ナビ無し車行きつ戻りつ

ゴルフ来て出棺順とあおられし　歳では無いぞ言いつつオナー

古女房此の妻ありて我生きる　やかましかろがも少し頼む

余生とて旅の続きは後わずか　また友去りて次は我が身か

下水来てトイレ改修手すり付け　バリヤフリーに嫌だけど準備

シルバーの仲間でゴルフ楽しけり　ダジャレ毒舌飛び交う中で

よっこらしょどっこいしょとて　老夫婦何かするたび掛け声漏れる

食するに麺ほど目出度い物はない　始め鶴鶴そして亀亀

ヘボゴルフ成績アップさせるには　運と道具と回数に有り

突然に肝臓癌の告知受け　妻の余命に涙がにじむ

妻連れて大学病院東京へ　一縷《いちる》の望み手術も不可と

ぼつぼつとボケに来たのか思う事　時々ありて妻にいじられ

お年寄り教育・教養必要だ「今日用」ありて「今日行く」所

限りある命の先を妻に告げ　残りし余生覚悟の中で

妻見舞う重たき足で病院へ　暗い気持ちの我を励ます

妻見舞うあれやこれやと世話をやく　我が身さし置き余生の中で

今までは迎える側の敬老会　招待状に老人の域《いき》

朝一でお悔やみ欄に目を通す　友人知人事なき安堵

老人会勝てる囲碁にもまた負ける　この石待った長老のエゴ

やあやあと集いて瞬時昔に戻る　早七十か中学の友

歳老いて老後破産が増加中　下流老人生み出す社会

気は若くもうと言わずにまだと言え　まだ八十路坂婆さんと共

七草の粥に願いしこの先を　老いたる婆が老いたる爺に

町中で久し振りだな元気かい　近づき人に思い至らず

かしましや妻を含めて三姉妹　何を話すかネタ切れもせず

何となく終末思い願いしは　お前百までわしゃ九十九まで

お年寄り猛暑対策ジャスコ来て　アイコ飲み飲みくつろぎ過ごす

地震来たしばしの揺れに肝冷やす　老いて益々不安の中で

明日孫が電話一本妻嬉々と　ゆるみし顔でメニューに思案

# 時々の思い

成人や浮かれし男女晴れやかに　明日は大人ぞ荒波の中

極楽の浄土願いて黄泉の国　合わす手のひら回向柱に

善光寺巡り来たりて七年目　回向柱へ牛歩の歩み

百八つ煩悩有りて除夜の鐘　腹に響くも邪念は消えず

鎮魂の震災悲し思い馳せ　家族よ友よ追悼涙

年金を受くる事なくクモ膜下　哀れ妹六〇の春

爆発で死傷者多数御嶽山　神のいたずら悲しきあの日

リオ五輪治安対策金メダル　施設の悪さ銀メダルとは

時《とき》明治維新三傑英知有り　英断有りて近代日本

おならにはブースーピーの三種あり　最も臭いそれはスーなり

激動の悲惨の中に「赤い月」　人の心にゃ悪魔が同居

ソチ五輪期待を受けて沙羅と真央　無残に散りし日本の桜

宇宙より満身創痍はやぶさ君　感涙しきりカプセル帰還

県外だ国外だのと民主党　受けるあて無し基地の行方は

マニフェスト政治理念はどこへやら　迷走重ね戻りし辺野古

マニフェスト普天間基地で迷走し　民意の玉に鳩は追われて

猪瀬知事質問攻めで檻の中　苦しみ喘ぎ逃げる術なし

総選挙毒キノコでもあるまいに　やたらと立ちて民意翻弄

よく食べて休まず話し笑いこけ　オバタリアンの軽食喫茶

市議選を当確待ちて夜半過ぎ　下限ラインで神がほほ笑む

電車内携帯禁止携帯それ以上　ハチャメチャ会話子ギャルの騒ぎ

歓喜する東京五輪三年後　日本の心世界の人に

和の心世界遺産に日本食　素材を生かす日本の文化

誉れなる世界遺産に富士の山　恥じぬ環境ポイ捨てならず

技術者の気骨を持ちてアルジェリア　テロの暴挙に帰りは遺骨

世が不況問答無用派遣切り　人手不足に雇われて来たに

給付金親父パチンコ居酒屋へ　此れでいいのか子供手当は

情けなや狂気に満ちた反日に　韓国ドラマ見まくる日本

ＬＥＤ英知の結晶青き色　ノーベル賞が日本を照らす

年金の個人情報盗む奴　盗む知力を機構で使え

小保方さんあれも此れもとクレームに　学者の誉《ほまれ》光は闇に

涙する　不肖の息子みのもんた　別人格も親と知るべし

学も有り知識も有りそな回答者　クイズ番組知らぬが多し

何故おきた少女誘拐一年余　嘆かわしきは意識の欠如

常識の中に生きるは当たり前　人の人たる意識を持ちて

イスラムの徒党を組みしテロリスト　ＩＳ《イスラム国》とは烏滸《おこ》がましいぞ

殺戮やテロの暴挙に未来無し　イスラム国は破滅への道

アラフォーや酸いも甘いも嚙み分けて　ほっこりと咲く職場の花よ

ドラフトやその人生に涙あり　感動しきりまた泣かされて

国会や政治資金のたがゆるし　法律以前常識を問う

不器用で寡黙に生きた健さんの　男くささに男が惚れた

金メダルあれも此れもと皮算用　願いを込めて野次馬試算

東北で日本シリーズ巨人戦　今年ばかりは楽天でいい

宝くじ五億五億とあおりしが一千万で民は天国

なでしこの心を繋ぐサッカーも　球を繋げず米国に負け

少年の夢を叶えて宇宙へと　中年の星世界を繋ぐ

伝統の技の継承あればこそ　世界遺産に日本の和紙が

北陸へ新幹線が延伸と　田んぼに立ちて首を振る間に

紅娘洒落た名前は何者か　知りてビックリてんとう虫と

また猛暑人間界の温暖化　地獄の釜も温度を上げる

優勝がまた韓国か女子ゴルフ　竹島以降チト気に入らぬ

新成人粋がるアホや嘆かわし　人の人たる意識も無しに

少年の憧れの星清原も　流れ星にて屑と消えゆく

食取材う~ん旨いとまず一声　微妙な味も黙して忍ぶ

中国産食の安全お騒がせ　ヒ素で味付け一口餃子

甲子園熱き球児の戦いや　勝ち負け共に尊き涙

真田丸軍師幸村此処に有り　大河ドラマや上田の誉

大阪の殺害されし子や哀れ　その親みじめ責任もある

こうのとり輝く偉業宇宙にて　キラリと光る日本の技術

エンブレム更に迷走スタジアム　聖火置き去り東京五輪

鬼怒川や自然の猛威あらがえぬ　屋根で手を振るヘリ飛ぶ下で

慰安婦の七〇年を過ぎし今　幾たび謝罪すれば済むのか

あきらめず強い心で成し遂げる　万能細胞キラリと光る

認知症高齢親の徘徊は　管理義務にも限度があるぞ

金なきは心もすさみ身もすくむ　憑きて離れず貧乏神が

アイエスへなびく若者何なんだ　平和な日本見捨てる心

反日で破壊略奪中国の　愛国無罪法無き社会

上田城真田三代郷に咲く　千本桜往時を偲ぶ

安保法可決に不安この先は　成るか成らぬか今後の民意

東北の大震災も早六年　悲しき祈り風化は成らず

東京のすさまじき人人の波　たまの上京よそ見も成らず

東京で酒飲み深夜宿目指す　迷子になりて朝日と共に

落雷とすさまじき雨女子高生　傘もささずに覚悟の歩み

晩秋に小春日和や城郭の　鯱《しゃちほこ》泳ぐ深き青空

朝早く蟬が競いて騒がしく　その鳴き声は今日も暑いと

田んぼ道星空の下急ぎたる　歩速に沿いて夏虫黙る

天空の真黒き闇に恐怖する　音と光の春雷しばし

庭先を蝶の如きに落ち葉舞う　木枯らし吹きて紅葉ぬがされ

山あいのブナに囲まれ湯にひたる　身も心もがほっこりとける

空澄みし紅葉を映す鏡池　微動だにせず戸隠の峰

秋深し森は紅葉に色なして　映る湖面に木の葉が踊る

晩秋に色なき落ち葉風に舞う　さめし二人の心にも似て

絵の如き錦織りなす池の端　しばし佇み秋色に酔う

夕映えの浅間稜線くっきりと　カラスふた鳴き里は霞みて

小雨降る晴れぬ気持ちの庭先に　山つつじ株生き生きと咲く

紫陽花や昨夜の雨に今朝はべそ　緑葉元気水玉光る

新春や箱根駅伝君駆ける　富士に冠雪青空の下

野辺に咲くコスモス群のあでやかさ　かぼそき茎や優雅にゆれて

まどろみし温もりの中春の朝　窓越しに見るなごりの雪が

やわらかき日差しを受けてネコ柳　雪山を背に輝く花穂

街中で路上に落ち葉風に舞う　ごみと思うか風情と見るか

雨上がり薄日と共に庭の蟬　夏も終わりと忙しく鳴さて

また猛暑地獄の釜に勝るとも　劣らぬ暑さ心身堕らけ

夕暮れの川辺、小石にたたずみて　何を思うか白鷺一羽

ぴゅうぴゅうと風が鳴いてる通り道　残雪ありて春まだ遠く

うっすらと路面凍結寒の朝　人はヨチヨチ車は千鳥

空青くあくまで青く夏の空　山の向こうに雲わき出《い》づる

目に沁みる朝日を受けて銀世界　初雪間より南天の赤

山里の棚田広がるあぜ道や　春の息吹に狸走りて

幸村のなごりを残す上田城　苔むす石に桜の古木

春うららほのかに香る桜花　手に持つ杯に花びら散りて

桜花昨夜の雨で散りつくし　黒き路面や花びら化粧

秋、風情たわわに実る柿の実や　取る人もなし鳥がついばむ

新聞と共に広告山ほどに　見る事もなし休日の朝

若者やルールを守り事故防止　スピード落とせ命落とすな

宝くじ女神浮気し寄り付かず　足られば夢も夢のまた夢

目が覚める温もりの中寒の朝　此のひと時にしばしまどろむ

# 一言

短歌をば、馬鹿にするなとお叱りを……
つぶやきに、味も深みも無き愚作
言葉の羅列、幼稚な作に
勘弁です。

単細胞

著者プロフィール

**単細胞**（たんさいぼう）

1941年、長野県生まれ
地元の高等学校卒業
県職員を定年退職後、大手測量設計コンサル長野支店に勤務。68歳で退職
その間、自治会長等、自治会役員を10年務める
女房・子供・孫と関わりながら……。少々の酒とゴルフを楽しみに………
本名：廉澤 陽一

**我の日々　あれやこれやのつぶやき短歌**

2017年５月15日　初版第１刷発行

著　者　単細胞
発行者　瓜谷 綱延
発行所　株式会社文芸社
〒160-0022　東京都新宿区新宿１－10－１
電話　03-5369-3060（代表）
03-5369-2299（販売）

印刷所　株式会社フクイン


ISBN978-4-286-18229-2